이별 박물관

이별 박물관

전성현 소설 ── 서글 그림

창비

차 례

나는 이별 박물관으로 가는 중이다.

학교 재량휴업일인 오늘 친구들과 영화를 보기로 했는데, 다들 하나둘씩 사정이 생겼다며 약속을 취소했다. 상황이 바뀌면 다시 만나자고 메시지를 남긴 친구도 있었지만 나중엔 연락이 되지 않았다. 아침 일찍 버스를 타고 나와 친구들과 만나기로 한 전철역 안에 이미 들어가 있었는데, 괜히 시간만

낭비했다는 생각이 들었다.

내가 지금 전철역에 있는 걸, 그리고 약속이 취소된 걸 어떻게 알았는지 엄마에게서 메시지가 왔다. 근처에 와 있으니 전철역에서 나와 '이별 박물관'으로 오라는 내용이었다.

"엄마가 여긴 무슨 일이지?"

오늘 중요한 회의가 있다며 정장을 차려입고 급하게 출근한 엄마가 왜 이 근처에 온 건가 싶었다. 어찌 됐건 나는 박물관에 갈 마음이 없었다. 일찍 나가겠다고 아침부터 부산을 떨어서인지 피곤이 몰려왔다. 그냥 역 안에 놓인 의자에 앉아 쉬고 싶은 마음이 굴뚝 같았다. 엄마에게 전화를 걸었다.

신호음이 계속 이어졌지만 엄마는 전화를 받지 않았다. 엄마에게 메시지를 보냈다.

나 그냥 여기서 조금 더 쉬다가 집에 갈게.

시간 얼마 안 걸려. 가까우니 어떻게든 찾아서 와.

전화는 왜 안 받아?

사정이 있어. 만나서 얘기해.

일단 전철역 밖으로 나왔다. 출근 시간대가 지나서인지 주위는 한산했다. 버스 정류장 벤치에 앉아 휴대 전화기 길 찾기 앱을 켰다.

"도대체 이별 박물관은 어디에 있는 거야?"

박물관 위치를 검색해 보니 엄마 말대로 이곳

에서 멀지 않았다. 빨리 걸으면 십 분 이내에 갈 수 있을 듯했다.

"우리나라에 이런 박물관도 있었네."

역사 박물관이나 씨앗 박물관, 곤충 박물관 등 다양한 박물관이 있다는 건 알았지만 이별 박물관에 대해서는 처음 들었다. 집에서 버스로 몇 정거장 되지 않는 곳에 있었는데 지금까지 왜 몰랐을까 싶었다.

"하긴, 감옥 박물관이나 하수구 박물관도 있다니까 뭐."

정류장 벤치에서 일어나 박물관으로 향했다. 거리는 무척이나 한산했다. 하늘에는 먹구름이 가득했고 안개가 짙게 깔려 있어 바로 건너편 길도 잘 보이지 않았다. 아니나 다를까 몇 걸음 떼기도 전에 빗방울이 한두 방울씩 떨어지기 시작했다.

길을 찾느라 들고 있던 휴대 전화기에도 빗방울이 떨어졌다. 방수 기능이 있다고는 하지만 그래도 젖으면 안 좋을 것 같았다. 지도를 보니 다행히 다음 골목만 지나면 박물관 입구였다. 바지 주머니에 휴대 전화기를 넣고 걸음을 서둘렀다.

골목을 벗어나자 낮은 담장으로 둘러싸인 건물이 나타났다. 3층 정도의 높이로 보였지만 달걀을 눕혀 놓은 듯한 반원형의 특이한 모양이라 몇 층 건물인지 정확히는 알 수 없었다. 박물관 뒤로는 전철 한 대가 무척이나 느리고 무겁게 지나갔다.

"이런 건물은 처음 봐."

나는 입구에 세워져 있는 '이별 박물관' 간판을 확인하고 잔디가 깔린 정원을 지나 계단을 올랐다.

평일 오전이라 그런지 아직 관람객은 없었다. 건물 입구에 도착해 엄마를 찾았다.

　"어디서 기다리는 거지?"

　엄마가 박물관 입구에 있을 줄 알았는데 보이지

않았다. 나를 기다리다 커피를 사러 갔을 수도 있겠다는 생각에 둘러보았지만 박물관 어디에도 커피숍은 없었다.

다시 엄마에게 전화를 걸었다. 신호음이 들리지 않았다.

"비를 맞아서 그런가?"

통화 종료 버튼을 누른 뒤 휴대 전화기를 닦았다. 이상하게도 손끝에 검은 얼룩이 묻어났다. 빗방울에 섞인 먼지 때문인지 손때에 더러워진 건지 알 수가 없었다. 휴대 전화기를 바지에 문질러 깨끗이 닦고는 혹시나 남았을지 모를 물기를 털었다. 그리고 다시 전화를 걸었다. 잠시 조용하더니 곧 신호음이 들렸다. 하지만 이번에도 음성 메시지를 남기라는 안내가 나올 때까지 엄마는 전화를 받지 않았다. 무슨 사정이 있어서 안 받는 건가 싶었다.
나는 곧장 메시지를 보냈다. 엄마는 전화는 받지
않더니 메시지에는 바로 답했다.

> 엄마, 왜 전화 안 받아? 나 도착했어.

> 잘 찾아왔네. 기특해.

> 나 길 잘 찾잖아.

> 박물관 예약해 놨으니 돌아보고 있어.

> 예약?

> 응, 연락 잘 안 될 수도 있어. 금방 갈게.

엄마는 너무 일방적이다. 내 의견은 묻지도 않고 박물관 관람을 예약하다니. 함께라면 몰라도 나혼자서 관심도 없는 박물관을 구경하고 싶지는 않았다. 어쨌든 근처라고 했으니 엄마가 멀지 않은 곳에 있을 거였다. 예전에도 회사 일로 동네 가까운 곳에서 약속을 잡는 걸 봤다. 아마도 근처 어딘가에서 누군가와 만나 하던 이야기를 마무리 짓고 있을 거다. 그러니 조금 더 기다리는 게 나을 것 같았다.

내가 계속 박물관 입구에서 서성거리자 단정한 검은 양복에 나비넥타이를 맨 키 큰 남자가 밖으로 나왔다.

"혹시 박물관 관람 예약하셨나요?"

남자가 점잖은 목소리로 물었다. 마치 호텔이나 레스토랑의 지배인 같은 차림과 말투였다.

"아, 저희 엄마가 예약했다는데
요. 늦는다고 연락이 와서요."

내 말에 남자가 깍듯이 고개를
숙이며 대꾸했다.

"네, 예약자 가족분이시군요.
어머님께서는 손님이 도착하면
먼저 관람할 수 있도록 안내해
달라고 부탁하셨습니다. 관람이
끝날 때쯤 기념품 가게에서
기다리고 계실 겁니다."

"기념품 가게요?"

남자가 고개를 끄덕였다. 나는 망설
였다. 비를 맞아서인지 추웠고 물에 넣었다 뺀 솜
인형처럼 몸이 무거웠다. 발끝에서 서서히 차오르

는 피로가 이내 나를 주저앉힐 것 같았다. 얼른 집에 돌아가 쉬고 싶었다.

나는 다시 엄마에게 전화를 걸었다. 더 늦게 되면 집으로 가겠다는 얘기를 하려고 했지만 여전히 통화가 되지 않았다. 메시지에는 바로바로 답장해 주면서 왜 전화는 받지 않는 걸까.

"저는 박물관 큐레이터입니다. 걱정하지 마시고 저와 함께 박물관을 관람하시면 됩니다."

"아니, 그래도……."

주저하는 내 표정을 본 큐레이터가 다음 말을 꺼냈다.

"여긴 개인 맞춤형 박물관입니다."

'개인 맞춤형 박물관?'

나는 머리를 갸웃했다.

"관람객 각자의 감정과 심리 상태, 그리고 이별 경험을 파악한 뒤에 개인의 특징과 경험에 따른 맞춤형 전시물을 보여 주는 시스템입니다."

큐레이터의 말을 알아듣기 어려웠다.

"박물관을 찾아온 사람에 따라 전시물이 매번 달라진다는 얘기인가요?"

"네, 이해가 빠르시네요."

"와, 인공 지능 시스템을 갖추고 있나 봐요?"

"비슷하다고 보시면 됩니다. 박물관 시스템이 관람객에게서 나오는 에너지를 감지해, 그 안에 담긴 감정이나 기억을 찾아냅니다. 그렇게 찾은 정보들을 디지털 데이터로 변환하고, 그 데이터를 이용해 실제 물건처럼 눈에 보이고 만질 수 있는 형태로 만들어 내는 거죠. 이 때문에 개별 전시관에는 한 분씩만 입장이 가능합니다."

박물관 시스템이 나의 이별 경험을 알아낼 수 있다는 게 신기했다. 그렇다면 어떤 전시물이 나올지도 궁금했다. 내 별자리나 혈액형, 타로 카드 운세를 확인하고 싶은 마음처럼 말이다.

어느새 나는 큐레이터를 따라 박물관 안으로 걸음을 옮기고 있었다. 공기 정화 시스템 때문인지 박물관 안으로 들어서니 공기가 한결 산뜻했다. 가벼운 라벤더 향이 코끝을 스쳤다. 비를 맞고 피곤해서 경직되어 있던 몸이 은은한 조명과 아늑한 온기에 스르륵 풀리는 것 같았다.

"일 층 로비는 일반 전시관입니다. 이 층에 있는 개별 전시관을 먼저 관람하신 뒤에 자세히 둘러보겠습니다."

큐레이터가 앞서가며 계단으로 안내했다.

로비 중앙에는 하얀 웨딩드레스가 전시되어 있었다. 드레스 전체를 감싸는 레이스는 마치 별빛을 담아낸 듯 화려하게 광채를 발했다. 화관이 달린 면사포는 흡사 안개처럼 웨딩드레스 위로 부드럽게 내려와 은은한 빛을 머금으며 고요히 흔들렸다.

학교 로고가 달린 중고등학교 교복들도 보였다. 흰색 셔츠와 넥타이, 차콜색 바지와 체크무늬 스커트까지. 모두 눈에 익은 교복들이었다. 주황색 소방복과 남색 경찰복도 전시되어 있었다. 마치 의복 전시실에 온 느낌이었다. 웨딩드레스는 새하얗게 빛이 났지만 다른 옷들은 색이 바래고 해져 있는 게 누군가 입던 옷들인 것 같았다. 무엇보다 소방복엔 검은 그을음이 묻어 있어 실제로 입었던 흔적이 한층 더 느껴졌다.

한쪽 벽면에는 여행용 가방과 다이어리가 놓여 있었다. 그와 함께 사랑하는 사람들의 모습이 찍힌 사진과 사랑을 주고받은 대화가 담긴 메시지 화면이 전시되어 있었다. 그리고 다른 공간에는 파이프로 얽힌 철제 조형물에 여러 색깔의 자물쇠들이 가득 걸려 있었다. 어찌 보면 이별 박물관이 아니라 사랑 박물관이라 해도 틀린 말이 아닐 것 같았다.

"이별 박물관에 웨딩드레스가 있을 거라고는 생각하지 못했어요."

나는 계단을 걸어 올라가며 큐레이터에게 말했다.

"결혼식을 앞두고 연인과 헤어진 분의 웨딩드레스랍니다."

"아, 그래서 턱시도는 안 보이는 건가요?"

"글쎄요."

큐레이터는 앞만 보며 담담하게 말했다. 각각의 사연에 자신의 이야기를 덧붙여 감정을 섞고 싶지 않은 눈치였다. 보도 프로그램 진행자처럼 객관적인 사실만을 전하려고 하는 것 같았다. 그나저나 웨딩드레스의 주인은 무슨 사연으로 저렇게 아름다운 드레스까지 맞추고 나서 사랑하던 사람과 헤어졌을까.

이 층은 전체가 개별 전시관이었다. 큐레이터의 말처럼 한 사람의 관람객만을 위한 전시관인 듯했다. 일 층과 달리 전체적으로 어두웠고 주홍빛 조명이 길을 안내하고 있었다. 그 때문이었는지 마음이 차분해지며 몸의 감각 하나하나가 선명해졌다.

"저 거울 앞에 서시면 됩니다."

큐레이터가 전시관 입구 바닥을 가리켰다. 매끄럽고 윤이 나는 대리석 바닥에는 동그란 거울이 조각조각 부서진 채 박혀 있었다. 그 앞에 서서 내려다보니 내 모습이 각각의 조각마다 다르게 보였다. 단순히 각도에서 나오는 차이가 아닌 것 같았다. 얼굴과 표정 그리고 품고 있는 감정까지도 달라 보였다. 눈을 비비고 거울 조각들을 좀 더 자세히 들여다보려는데 레이저 같은 푸른빛이 쏟아져 나왔다.

"에테르 라이트가 손님이 품고 있는 에너지를 통해 감정과 기억을 파악하는 중입니다. 잠시 그대로 서 계시면 됩니다."

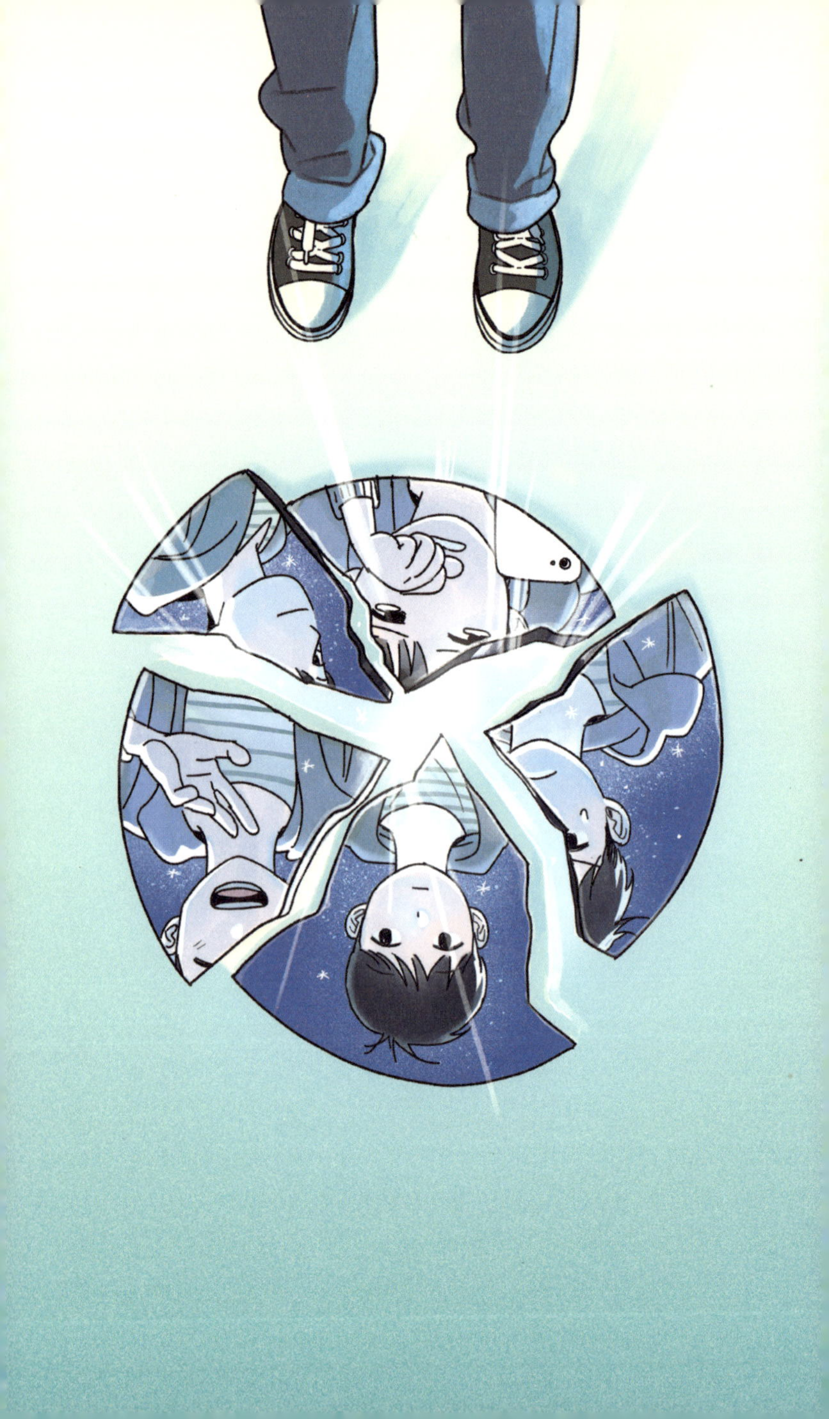

큐레이터의 말에 나는 어깨를 펴고 자세를 바로 했다.

"이 푸른빛이요?"

빛이 어떻게 나를 파악할 수 있다는 걸까. 인공지능이 발달하더니 이제 못 하는 게 없나 보다. 표정이나 손짓, 자세를 보고 일부는 짐작할 수도 있겠지만, 일시적인 행동이나 태도로 나의 생각과 기억까지 인식해 전시물로 보여 준다는 게 과연 가능한 일일까 싶었다.

"이별을 겪을 때 느끼게 되는 감정은 충격, 부정, 슬픔, 분노, 상실감, 타협, 우울, 수용 등 여러 가지로 나눌 수 있다고 하죠."

푸른빛이 사라지자 큐레이터는 말을 이었다.

"여기서는 이별에 대한 손님의 감정을 각각 다

섯 개의 전시물을 통해 들여다볼 수 있을 겁니다."

"다섯 개 전시물이요?"

큐레이터는 나를 전시관 안으로 안내했다.

첫 번째 전시실로 들어가니 핀 조명 아래에 전시용 유리 상자가 보였다. 납작한 타원형의 투명 플라스틱 안에 장수풍뎅이 모형이 들어 있는 작은 열쇠고리가 전시되어 있었다. 큐레이터는 열쇠고리를 들여다보며 말했다.

"예쁜 열쇠고리군요."

"네, 예쁘네요."

내 반응에 큐레이터는 고개를 갸웃했다.

"기억 안 나십니까?"

"기억이요?"

맞다. 여긴 맞춤형 전시실
이라고 했다. 그러니 저 열쇠
고리도 나와 관련된 물건일
것이었다. 그나저나 큐레이터
라고 개별 전시물까지 다 아
는 건 아닌 모양이었다. 열쇠
고리를 자세히 들여다보고 있
으니 조금씩 기억이 떠올랐다.
풍뎅이 열쇠고리는 초등학교 1학년
때 갑작스럽게 전근을 하게 된 담임 선생님이 반
아이들 모두에게 주고 간 선물이었다. 지금은 책상
서랍 안 어딘가에 있을 거다. 새 학기가 시작된 지
얼마 안 되어 떠난 선생님의 선물이었기에 잊고 있
었다.

"생각났어요. 초등학생 때 학교 선생님이 주신 열쇠고리예요."

"그렇군요. 그때는 선생님과의 이별이 아쉬웠지만 그분을 오래 기억하지는 않았군요."

큐레이터의 말에 나는 고개를 끄덕였다. 어쩐지 큐레이터가 내 마음을 읽고 있는 것 같았다.

"어떻게 아셨어요?"

"전시물을 바로 알아보지 못하길래 그렇게 생각했습니다."

"아."

나는 고개를 끄덕였다.

"그런데, 저 열쇠고리 꺼내서 만져 봐도 되나요?"

나는 손으로 열쇠고리를 가리키며 물었다.

"네, 그렇지만 전시된 물건들은 이미지를 구현

해 만든 것이기 때문에 감상하는 데에만 의미를 두셔도 됩니다."

큐레이터의 대답에 나는 주위를 살펴보았다.

"혹시 찾는 게 있나요?"

"음…… 3D 프린터요."

큐레이터가 의아한 표정을 지었다.

"네?"

"이 풍뎅이 열쇠고리를 3D 프린터가 만들어 낸 거 아닌가요?"

내 물음에 큐레이터가 양쪽 입꼬리를 올리며 미소를 지었다. 하지만 감정이 담겨 있지 않았다. 예의를 갖추려고 웃는 표정 같았다.

"3D 프린터로 만든 건 아닙니다. 감정과 기억이 응축된 미세한 특수 입자들이 만나 안개가 물방울이 되듯 전시실 안에서 눈에 보이는 물건으로 만들어진다고 생각하시면 됩니다."

큐레이터가 설명을 마치고는 손을 들어 출구 쪽을 가리켰다. 다음 전시실에는 어떤 물건이 있을지 궁금했다. 잊고 있던 예전의 기억을 떠올리게 되니 흥미로웠다. 여기 오길 잘했다는 생각이 들었다.

몇 걸음 걷기도 전에 음식 냄새가 났다. 구운 피자 도우의 고소한 향과 함께 모차렐라치즈가 녹아내리면서 나는 짭조름한 향이 느껴졌다. 토마토소스의 달콤하고 산뜻한 향과 루콜라의 풋풋하고 쌉싸름한 향이 조화로웠다. 이모가 자주 만들어 주던 루콜라피자 냄새가 분명했다.

아니나 다를까, 두 번째 전시실에 들어서자 빨간 방울토마토와 시금치처럼 생긴 루콜라가 얹힌 피자가 놓여 있었다. 오븐에서 막 꺼낸 듯 하얀 김이 올라왔다. 한 조각 집어 들면 치즈가 쭈욱 늘어날 것 같았다.

"제가 먹던 피자와 냄새가 똑같아요. 모양도요."

이모가 결혼하고 미국으로 떠난 뒤 루콜라피자는 한동안 맛볼 수 없었다. 이모가 엄마에게 피자 만드는 비법을 전수해 줬다고 했지만 비법이 손을 타는지 엄마가 만들어 준 피자는 늘 밍밍하거나 느끼했다.

"이모가 자주 해 주던 피자예요."

나는 피자에서 눈을 떼지 않고 말했다. 그러자

큐레이터가 내 모습을 살피며 물었다.

"이모와 헤어지고 힘들었나요?"

이모가 보고 싶을 때면 늘 피자가 생각났고, 이모가 만들어 준 피자를 먹으면서 늦은 시간까지 엄마를 기다리던 어릴 적 내가 떠올랐다.

"이모가…… 그리웠어요."

갑자기 목이 메었다.

"우리 이모는 늘 토마토와 루콜라를 넣은 피자만 만들어 줬어요. 베이컨이나 소시지를 넣어 달라고 했는데도요."

내가 우울한 표정을 짓는데도 큐레이터는 담담하게 설명을 이어 갔다.

"그랬군요. 그나저나 이 전시관에도 음식을 조리하는 전기 오븐이나 전자레인지 등의 기기는 없습니다. 지금 보시는 건 미세 입자로 이루어진 일종의 모형이지요."

상냥한 안내였지만 내 그리움에 찬물을 끼얹는 느낌이었다. 내가 대꾸하지 않고 물끄러미 쳐다보자 큐레이터는 이내 시선을 돌리며 헛기침을 했다.

"흠, 흠. 그러면 이제 다음 전시실로 가실까요?"

세 번째 전시실은 불 꺼진 영화관처럼 온통 어두컴컴했다. 잠시 뒤 아이들이 왁자지껄 떠드는 소리가 들렸다. 그리고 그 소음 사이로 누군가 뛰어오는 발소리가 들렸다.

"잠깐만 내 얘기 좀 들어 보고 가."

"네가 그 애랑 만나는지 몰랐어."

"아니, 할 얘기가 있다길래 잠깐 가서 얼굴만 본

거야."

"향수도 선물했다며!"

"그거 그 애가 부탁해서 사 준 거야."

"부탁한다고 해서 그렇게 비싼 향수를 줬다고?"

학교 운동장에서 두 사람이 싸우는 소리가 들렸다. 주변에 시끄럽게 재잘대는 소리가 가득한데도 다른 사람의 모습은 보이지 않고 학교 건물 일부와 흰 구름이 가득한 하늘의 모습만 전시실 안 벽면에 영상으로 조금씩 드러났다.

"그냥 미안하다고 말하면 안 되냐?"

"잘못한 게 있어야 미안하다고 하지."

한동안 좋아했던 아이였다. 처음엔 그 아이도 나를 좋아하는 줄 알았다. 사귀자는 내 말에 분명 설렌다고 답했으니까. 하지만 아니었다. 그 앤 사귀는 거랑 좋아하는 거랑은 다르다고 했다. 다른 사람을 좋아하면 왜 안 되냐고 했다. 그 뻔뻔한 태도에 화내는 것조차 아까웠다.

"그래, 차라리 빨리 끝나 잘됐어."

그 아이와 헤어진 이후 가슴이 아플 때마다 난 스스로를 다독였다.

"괜찮아." "왜 내가 그런 애 때문에 힘들어야 해." "그 애와의 만남은 정말 생각할 가치조차 없어."라고 말이다.

그런 이별로 쓸데없이 가슴 아프기 싫었다. 괴로워하는 것조차 기분 나빴다. 지금 전시실에 펼쳐지고 있는 영상은 그 아이와 싸울 때 내가 보았던 하늘이었다. 돌아서 가는 아이의 모습이 보인 뒤 훌쩍이는 소리가 몇 초간 흘러나왔다. 하늘이 보일

땐 잠시 멈추기도 했지만 이내 다시 훌쩍거리는 소리가 들렸다.

그날 나는 눈물을 감추려고 그렇게 하늘을 보며 하루를 보냈다.

"좋아했던 친구와 헤어지게 되어 슬펐나요?"

"슬펐다기보다…… 말도 안 되는 상황을 받아들이기 힘들었던 것 같아요."

"그래서 스스로를 다독이고 위로했군요."

큐레이터의 말에 나는 피식 웃었다.

"지금 생각해 보니 그랬던 것 같아요."

이미 지나간 일이라 웃으며 대답했지만 기분은 좋지 않았다. 아직 그때의 속상한 감정이 마음 한구석에 남아 있는 모양이었다.

다음 전시실로 향하는 게 꺼려졌다. 큐레이터가

처음에 말한, 이별할 때 겪는 여러 종류의 감정을 가장 가벼운 것부터 되짚고 있는 것 같다는 생각이 들어서였다. 그렇다면 앞으로 남은 전시실은 지금 보다 더 무거운 감정일 터였다.

"사람들이 이 박물관에 오는 이유가 뭐죠?"

나는 앞서가는 큐레이터를 붙잡고 물었다. 이별의 기억을 꺼내 마음속 상처를 다시 헤집는 곳에 예약을 하면서까지 굳이 올 필요가 있을까 싶었다.

"왜 사람들이 여기까지 와서 힘든 기억을 꺼내보는 거죠?"

조금은 당돌하게 물었지만 큐레이터는 머뭇거리지 않고 대답했다.

"대개는 이별의 경험을 살펴봄으로써 자신의 삶을 더 사랑하기 위해서랍니다. 또한, 이별로 인한 상처가 있다면 그 상처를 치유하기 위해서고요."

"상처를 치유한다고요?"

큐레이터의 말이 이해되지 않았다. 오히려 잊고 있던 기억을 끄집어내 상처가 덧나는 게 아닌가 싶었다. 내가 미간을 찌푸리고 입술을 내밀자 큐레이터가 멋쩍게 웃었다.

"언젠가는 이해하게 될 겁니다."

나는 괜히 아픈 경험을 떠올리고 싶지 않았다. 난 평범한 지금의 삶이 좋았다. 그리고 특별히 치유해야 할 이별의 상처도 없었다.

"혹시, 다음 전시실로 가는 게 두려우신가요?"

"아, 아니 두렵다기보다……."

나는 머뭇거리다 관람을 그만두겠다고 말할 기회를 놓쳐 버렸다. 큐레이터는 내 말이 끝나기도 전에 다음 전시실로 앞서 걸어가고 있었다.

네 번째 전시실로 들어가니 전시대 위에 하얀 털 쿠션이 놓여 있었다. 저 쿠션이 나의 이별 경험과 무슨 관련이 있는 건가 싶었다.

"한번 만져 보세요."

큐레이터의 말에 나는 털 쿠션에 손을 얹었다. 쿠션을 조물조물 만지다 보니 갑자기 익숙한 감각이 떠올랐다.

"구, 름."

나도 모르게 이름을 불렀다.

"구름이."

울컥했다. 잠깐 사이 눈물이 주르륵 흘렀다. 이렇게 쉽게 눈물이 날 줄 몰랐다. 마치 울음 버튼을 누른 것처럼 눈물비가 쏟아졌다.

구름이는 엄마에게 조르고 졸라 데려온 강아지였다. 친구네 개가 낳은 새끼였는데, 태어난 지 다섯 달 되었을 때부터 키워 삼 년을 넘게 함께했다. 내가 손을 내밀면 자기도 앞발을 내밀었고 내가 바닥에 앉으면 다리 위로 올라와 몸을 기댔다. 달리기는 언제나 나보다 빨랐다. 잠을 잘 때는 물론이고 친구와 싸우거나 엄마에게 야단맞고 방에 있을 때에도 나를 혼자 두지 않은 구름이. 그런 구름이를 목줄도 채우지 않은 채로 데리고 친구를 만나러 나갔다가 그만 공원에서 잃어버렸다. 친구와 장난을 치느라 잠시 한눈판 사이에 말이다.

처음엔 구름이를 금방 찾을 줄 알았다. 구름이와 자주 가던 공원이니 근처 어디에선가 얼굴을 내밀고 나타나 꼬리를 흔들 것만 같았다. 하지만 그러지 않았다.

공원을 벗어나 가까운 골목길까지 샅샅이 뒤지고 다녔지만 아무 데서도 구름이 모습은 보이지 않았다. 이후 동네 골목골목 구름이 사진을 붙이고 유기 동물 보호소도 방문해 구름이를 찾았지만 그 어디에서도 구름이 소식은 들려오지 않았다.

시간이 제법 지난 뒤 엄마는 누군가가 구름이를 데리고 간 것 같다고 했다. 주인 없는 개라고 생각해 돌봐 주려 한 것 같다면서. "어디선가 누군가의 보살핌을 받으며 잘 살고 있을 거야. 애교가 많은 성격이니 누구라도 구름이를 사랑해 줄 거고."라고 말했다. 엄마도 속상하고 가슴 아프면서 아무렇지 않은 척 나를 위로했다.

"내 실수였어. 아니 실수가 아니라 잘못이었어."

구름이가 우리 집에 오기 전부터 봐 왔던 이웃

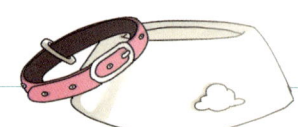

집 개들은 아직도 산책을 다니는데 구름이만 한순간에 사라져 버렸다. 한동안 구름이가 떠났다는 걸인정할 수 없었다. 구름이가 긁어 놓은 가죽 소파, 물어뜯은 방석, 구름이가 입던 옷과 목줄은 그대로남아 있었다. 학교에서 돌아와 현관문을 열고 들어가면 언제든 제일 먼저 달려 나와 전처럼 나를 반겨 줄 것만 같았다. 잘 때마다 내 품을 파고들던 구름이, 그때마다 느껴지던 구름이만의 냄새와 몽글몽글하고 폭신한 털.

'혹시라도 누가 구름이를 데리고 간 게 아니라면 어떻게 하지? 낯선 곳에서 무서워 떨고 있는 건 아닐까? 아니, 어디선가 날 기다리고 있으면 어떡하지?'

한동안 구름이가 날 찾고 있을 거라고 생각하면 미안하고 걱정되는 마음에 잠을 잘 수가 없었다. 구름이의 냄새를 맡고 털을 쓰다듬으며 함께 잠들고 싶었다. 사랑한다면 떠나보내지 않았어야 했다. 놓치지 않았어야 했다. 길을 잃지 않도록 지켜 줬어야 했다. 시간을 되돌릴 수 있다면 그날 친구를 만나러 나가기 전으로 돌아가고 싶었다.

"이제 마지막 전시관으로 가시죠."

큐레이터가 손으로 눈물을 닦아 내는 나에게 하얀 손수건을 건넸다.

'마지막 전시관엔 어떤 이별 전시물이 날 기다리고 있을까. 혹시 내가 감당하기 힘든 이별이면 어쩌지?'

잠시 고민이 되었다. 머릿속엔 괜스레 여러 가지 생각이 떠올랐다. 무엇을 마주하게 될지, 어떤 감정에 휘둘리게 될지 몰라 발이 떨어지지 않았다. 내가 계속 머뭇대자 큐레이터가 앞장서 걸었다.

"제가 저의 이별에 대해 굳이 알아야 하나요?"

나는 손수건으로 눈물을 닦은 뒤 큐레이터에게 물었다.

"꼭 가셔야 합니다."

아까와 달리 큐레이터가 단호했다.

"왜 꼭 가야 해요?"

"때로는 절대적으로 바꿀 수 없는 것들이 있거든요."

알 수 없는 말을 하는 큐레이터의 모습은 담담함을 넘어 결연해 보이기까지 했다. 나는 불편함과 불안함 사이에서 마지막 디딤돌을 남겨 놓은 기분이었다. 어디로 가든 만족스럽지는 않을 것이었다.

'그래, 가자.'

다섯 번째 전시실만 지나면 끝날 일이었다. 구름이와 헤어진 것 이상의 가슴 아픈 이별 경험은 떠오르지 않았다. 가볍게 호흡을 고른 뒤, 아무 일도 없을 거라고 애써 생각하며 발걸음을 뗐다.

"뭐, 별거 있겠어?"

다섯 번째 전시실로 들어가자 엉뚱하게도 탄 냄새가 먼저 나를 맞았다. 캠핑장에 갔을 때 맡았던 나무 타는 냄새가 아니었다. 화학 물질이 탈 때 나는 냄새 같았다. 뿌연 연기가 들어차 전시실 조명이 흐릿했다. 큐레이터를 따라 조금 더 걸음을 옮기니 유리 상자 안에 작은 전시물이 보였다. 휴대 전화기였다. 검은 그을음이 잔뜩 묻어 있었다. 손자국도 나 있었다. 실제로 누군가 쓰던 전화기 같았다.

"누구 전화기예요?"

휴대 전화기와 관련된 이별은 떠오르지 않았다.

"자세히 살펴보시길 바랍니다."

큐레이터의 말에 나는 한 걸음 앞으로 다가갔

다. 일 년 전 출시된 모델이었다. 우리 가족 모두가 쓰는 모델이기도 했다. 낯익은 케이스에 네잎클로버 고리가 달려 있었다. 몇 달 전, 엄마와 영화를 보러 가던 길에 수공예품을 파는 가게에서 두 개를 사 하나씩 나눠 단 고리였다.

"저, 기요."

나는 떨리는 목소리로 큐레이터를 불렀다.

"물어볼 게 있는데요. 혹시, 저희 엄마에게 무슨 일이 생겼나요?"

나는 머뭇거리는 큐레이터의 답변을 기다리다 입술을 깨물었다.

"……그렇지 않습니다."

"그럼 안 좋은 상황인가요?"

엄마에게 위험한 일이 생겼나 싶어 걱정이 되었다. 어쩌면 좋지 않은 상황이라 나를 이곳으로 불러냈는지도 모른다. 그래서 엄마가 전화를 못 받은 건가 싶었다.

"박물관의 특징은 전시물들이 과거의 것으로 이루어져 있다는 것이죠."

큐레이터는 차분하게 대꾸했다.

"과, 과거라구요?"

나는 좀 더 자세히 휴대 전화기를 들여다보았다.

"저 휴대 전화기는 저희 엄마 거란 말이에요. 왜 엄마 휴대 전화기가 저기 있는 거죠? 조금 전까지 저랑 메시지를 주고받았다구요!"

"전시된 휴대 전화기는 어머님 것이 아닙니다."

"아니라니요?"

자세히 보니 휴대 전화기 필름에 금이 가 있었다.

"……지금 저 휴대 전화기는, 마, 말도 안 돼. ……저 휴대 전화기는 제 거잖아요."

나는 손에 들고 있던 휴대 전화기를 내려다보았다. 필름에 금이 생긴 모양이 전시된 전화기와 똑같았다. 학교에서 수업에 늦어 뛰어가다 바닥에 떨어뜨려 생긴 금이었다. 하지만 내 휴대 전화기는 전시된 것처럼 더럽지 않고 깨끗했다.

"왜, 또 다른 제 휴대 전화기가……."

큐레이터는 대답 대신 알 수 없는 표정을 지었다. 입꼬리를 억지로 올렸지만 무척이나 쓸쓸해 보이고 경직된 표정이었다.

"이제 조금씩 기억이 떠오르지 않습니까?"

큐레이터가 엉뚱한 질문을 했다.

나는 혼란스러운 마음으로 내 손에 들린 휴대 전화기의 화면을 켰다. 원래와 같은 화면에 잠시 안도하다 시간이 오전 9시 58분에 멈춰 있는 걸 발견했다.

"지금 몇 시죠?"

친구들과 만나기로 한 시간은 9시 30분이었다.

그로부터 시간이 꽤 지났는데 왜 아직 9시 58분밖에 안 된 건지 이해되지 않았다.

"사고였습니다."

큐레이터가 침착하게 말했다.

"누구도 예상하지 못한, 그러나 누군가의 책임이 있었던 사고."

타는 냄새가 더 강하게 느껴졌다. 전시실 바닥이 덜덜덜 떨렸다. 박물관 뒤로 전철이 지나가는 소리가 들렸다. 웅성거리는 친구들의 목소리도 들리는 것 같았다.

그을음이 묻은 전시된 휴대 전화기로 시선을 돌렸다. 화면에 나타난 날짜를 보니 이미 석 달도 넘게 지나 있었다.

'내가 아침에 전철을 탔었나?'

머릿속에서 어떤 기억의 조각들이 불쑥불쑥 튀어나왔다. 그날 나는 전철을 탔다. 얼마 지나지 않아 다른 어느 칸에서 불이 났고, 터널 어딘가에서 전철은 멈추었다. 급히 번진 연기에 시야는 금세 흐려졌고 친구들은 눈앞에서 사라졌다. 코끝이 매캐해지며 한순간에 숨을 쉬기가 힘들어졌다. 나는 급히 휴대 전화기를 붙잡고 엄마에게 전화를 걸었다. 그리고 내 이름을 부르는 엄마의 목소리를 들었다. 하지만 여기저기서 번진 비명과 살려 달라는 외침에 나는 더 이상 엄마와 통화할 수가 없었다. 휴대 전화기를 덮는 그을음을 지워 가며 한 글자씩 눌러 엄마에게 메시지를 보냈다.

　　"그런데, 내가 왜 여기에 있는 거지?"

　　속이 메스꺼워 구역질이 날 것 같았다. 머릿속

에서 꿈틀대며 떠오른 기억들이 어디까지 진짜이고 아닌지를 알 수가 없었다.

급히 전시실 밖으로 빠져나왔다. 그리고 계단을 내달려 일 층 로비로 내려갔다. 로비에 진열된 웨딩드레스가 다시 눈에 들어왔다. 걸음이 저절로 멈춰졌다. 나는 계단 난간을 붙잡고 섰다. 드레스가 유난히 눈부셨다.

"저 웨딩드레스는 결혼식을 앞두고 세상을 떠난 신부의 드레스였습니다. 구조된 지 이틀 만에 세상을 떠나 유족들이 너무도 가슴 아파했습니다."

"네?"

어느새 뒤따라온 큐레이터가 말을 이었다.

"그을음이 묻은 소방복은 화재를 진압하다 순직한 소방관의 옷입니다."

구조, 화재……. 불안한 단어들이 혼란스러운 기억들과 맞물렸다.

"누군가는 졸업 전시회를 준비하느라 밤을 새우고 집에 가는 중이었고 다른 누군가는 휴가를 떠나는 중이었죠. 그때 그 전철을 타고요."

나는 벽에 전시된 종이를 가까이 다가가 살펴보았다. 사람들의 휴대 전화기 화면을 출력한 사진이었다. 헤어짐을 두려워하는 메시지, 사랑을 고백한 메시지, 죽음을 앞두고 구조를 요청하는 글도 있었다.

다른 한 전시관에는 예매하고 타지 못한 비행기표와 기차표들이 자리를 메웠다. 한쪽에 내 교통 카드도 눈에 들어왔다. 전철 안에서 떨어뜨린 뒤 밟아 그을음 묻은 내 신발 자국이 아직도 카드에 남아 있었다.

"당신은 지금 영혼 인터페이스에 머물고 있습니다."

큐레이터가 나와 눈을 맞추며 또박또박 말했다.

"영혼 인터페이스?"

"이 공간은 영혼과 인간이 소통을 할 수 있도록 서로에게 맞는 환경을 제공합니다."

언젠가 들은 적이 있었다. 소통하고자 하는 영혼의 다양한 정보를 입력하면 에너지 전송 시스템이 영혼과의 연결을 시도하고, 주파수를 잡아 인간과 소통할 수 있다고 말이다. 실제로 가능한 일이라고는 생각하지 못했었다.

"당신이 불행하게 세상을 떠난 일로 인해 당신을 사랑하는 사람들은 거세게 분노하고 아파했습

니다. 그 슬픔과 고통이 이별 박물관에 접수되었고, 당신을 이곳으로 이끌었습니다. 덕분에 전철역에서 떠나지 못하던 당신의 영혼을 석 달도 더 지나서야 이곳으로 데리고 올 수 있었지요. 이제 남겨진 이들에게 마지막 인사를 전하기를 바랍니다."

큐레이터의 말이 끝나자마자 다시 전철이 지나는 소리가 들렸다. 바퀴 굴러가는 소리가 건물 전체를 울릴 정도로 무척이나 컸다. 그러고 보니 우리 집 근처 전철 노선 중 지상을 지나는 구간은 없었다. 여기가 어딜까?

"지금 당신의 모습과 말은 생전의 얼굴과 목소리로 동일하게 전환되어 실시간으로 사람들에게 나타날 겁니다. 당신이 보고 있는 박물관의 모습 또한 증강 현실 기능을 통해 홀로그램으로 사람들에게 보일 거고요."

큐레이터의 말을 이해하려 애쓰는데 잠시 어지
러웠다. 눈을 감았다 뜨니 초등학교에 입학해 설레
하는 아이의 모습이 지나갔다. 아이는 선생님이 전
근하면서 선물한 열쇠고리를 만지작거리며 입술
을 삐죽였다. 이모가 피자를 만드는 동안 잠들어
버린 아이는 어느새 십대가 되어 공원에서 잃어버
린 개를 찾으러 다녔다. 그러다 조금 더 자란 그는
학교 재량휴업일에 친구들과 영화를 보러 집을 나
섰다. 버스에서 내려 전철역으로 가며 엄마에게 걸
려 온 전화를 받았다.

"친구들이랑 헤어지면 바로 집에 올 거지?"

엄마의 목소리가 휴대 전화기 밖으로 흘러나
왔다.

"응, 바로 갈 거야. 오늘 엄마 생일이잖아."

"잊어버린 줄 알았는데 알고 있었네?"

"당연하지. 엄마가 급하게 나가서 인사 못 한 거야. 대신 생일 선물 기대해!"

"선물은 무슨."

"왜, 필요 없어?"

그의 물음에 엄마는 잠시 시간을 두고 웃음기 어린 목소리로 답했다.

"난 너만 있으면 돼."

"오늘 진짜 빨리 집에 가야겠네."

그가 바지 주머니에서 교통 카드를 꺼내 들었다.

나는 그를 향해 소리를 질렀다. "안 돼. 가지 마. 전철 타면 안 돼." 마음이 급했다. 잡을 수 있다면 잡고 싶었다. "가면 다시 돌아오지 못할 거라고!"

온몸이 부서질 정도로 힘을 주어 소리쳤지만 그는 끝내 역 안으로 사라져 버렸다.

"이제…… 준비되셨나요?"

큐레이터의 말에 정신이 들었다. 자신에게 온 휴대 전화기 메시지 알림을 확인한 큐레이터는 이어 말했다.

"지금 기념품 가게로 가시면 됩니다. 부모님도 오시고 친구들과 학교 선생님도 왔네요. 당신이 그리워했던 이모도 한 시간 뒤엔 도착할 겁니다. 참 많이 반가울 거예요. 그들에게 마지막 인사를 전한 뒤 박물관 뒤쪽에 정차하는 전철을 타면 됩니다."

나는 고개를 가로저었다.

"말도 안 돼. 지금 무슨 얘기를 하는 거야!"

그때 내 휴대 전화기에도 메시지가 왔다.

우리 왔어.
너에게 주고 싶은 것들 가지고 왔어. 어서 와.

"엄마!"

내 목소리 들리니?

"엄마 나 여깄어. 엄마!"

듣고 있지?
사랑한다고 보낸 너의 마지막 메시지 보고 있어.

"나 괜찮아, 괜찮아 엄마!"

나도 사랑해······.
잊지 않을 거야. 영원히.

엄마의 말들이 메시지가 되어 나타나고 있었다.

"아, 이럴 수는 없어."

내 말들도 메시지가 되어 화면에 나타났지만 남아 있지 못하고 계속해서 흩어졌다. 절망스러웠다. 화가 났다. 손이 떨렸다. 사랑한다면 서로의 얼굴을 어루만지고, 등을 토닥이고, 목소리를 들려줄 수 있어야 한다. 서로의 온도와 체취를 나눌 수 있어야 한다. 사랑한다면 정말로, 정말로 함께 있어야 한다.

숨이 제대로 쉬어지지 않았다. 나는 꺽꺽거리며 가슴을 부여잡고 주저앉았다.

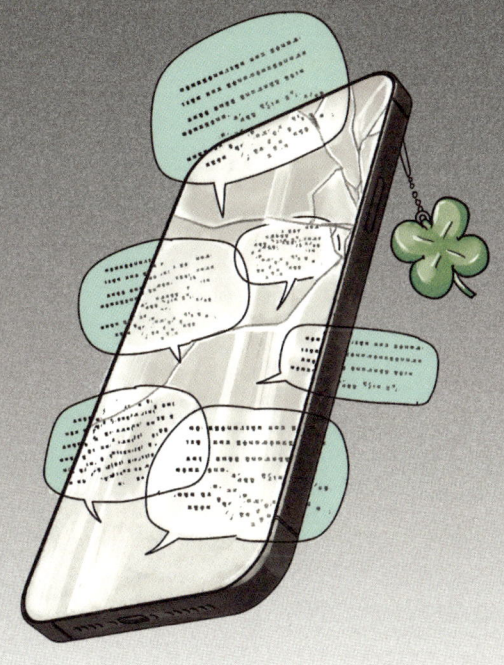

"준비되지 않은 이별은 감당하기 힘들죠. 눈물도 흘리기 어려울 만큼."

나를 보는 큐레이터의 얼굴에 처음으로 감정이 묻어났다. 슬픔이었다. 아니 슬픔 이상의 분노였다. 누군가의 책임으로 억울하게 끝나 버린 삶을 마주하고는 감정을 절제하기 힘들었던 모양이다. 그는 입술을 꼭 깨물었다. 그러고는 고개를 숙인 채 말했다.

"박물관 기념품 가게는 운영 종료 시간이 없습니다. 또한 그곳에서는 당신을 찾아온 방문객들과 직접적인 음성 소통이 가능합니다. 이렇게 떠나는 것이 아쉽더라도 그들과 많은 대화 나누고 떠나시길요."

"아니야, 아니야, 지금은 아니라고!"

"당신에게…… 위로가 될지 모르겠지만 기념품 가게의 물건은 본인이 모두 가져가실 수 있습니다. 찾아온 분들의 사랑과 그리움이 담긴…… 당신을 잊지 않고 기억하기 위해 가져온 물건들이니까요."

큐레이터가 출입구와 반대편에 있는 기념품 가게를 알려 주었다. 그러고는 잠시 주저하다 자리를 떠났다.

어떡하지.

이제 나는 어떻게 해야 해?

나는 두 손으로 머리를 감싸 쥐었다. 기념품 가

게에서 시간을 보내고 나면 나는 지상을 지나는 전철을 타고 이곳을 떠나야 할 것이었다.

"난 아직 준비가 되지 않았어. 아직은, 아직은 말이야."

나는 큐레이터의 말들을 인정하고 싶지 않았다.

한참 동안 아무것도 하지 못했다. 머릿속이 하였다. 억울함, 분노, 그리고 이루 말할 수 없는 상실감이 교차하며 나를 짓눌렀다. 내가 왜 이런 헤어짐을 겪어야 하는지 이해할 수 없었다.

자리에서 일어나 주먹을 쥐었다. 손끝까지 떨리는 게 느껴졌지만, 움직여야 했다. 이렇게 멈춰 있을 순 없었다.

기념품 가게로 향했다.

이제 나를 찾아온 이들을 만나야 했다.

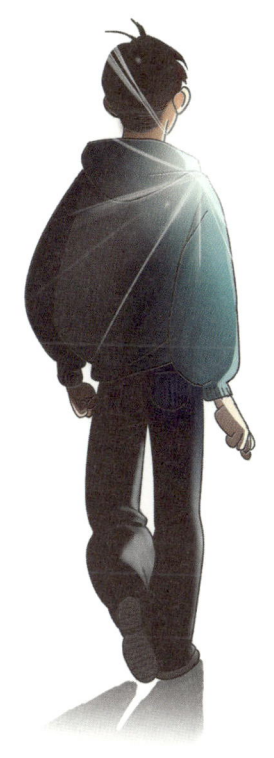

작
가
의
말

전성현

멈춰 있을 수 없어 글을 씁니다.

잊지 않겠습니다.

소설의
첫 만남 **35**

이별 박물관

초판 1쇄 발행 | 2025년 5월 23일

지은이 | 전성현
그린이 | 서글
펴낸이 | 염종선
책임편집 | 안신희
펴낸곳 | (주)창비
등록 | 1986년 8월 5일 제85호
주소 | 10881 경기도 파주시 회동길 184
전화 | 031-955-3333
팩스 | 영업 031-955-3399 편집 031-955-3400
홈페이지 | www.changbi.com
전자우편 | ya@changbi.com

ⓒ 전성현 2025
ISBN 978-89-364-3157-0 43810
ISBN 978-89-364-3159-4 (세트)

＊ 이 책 내용의 전부 또는 일부를 재사용하려면
　반드시 저작권자와 창비 양측의 동의를 받아야 합니다.
＊ 책값은 뒤표지에 표시되어 있습니다.